Metallic
Osano
Dan

メタリック

小佐野彈

短歌研究社

メタリック　目次

メタリック

カバー作品　Houxo Que
ブックデザイン　鈴木成一デザイン室

1

家々を追はれ抱きあふ赤鬼と青鬼だつたわれらふたりは

無垢な日本で

革命を夢見たひとの食卓に同性婚のニュースはながれ

ママレモン香る朝焼け性別は柑橘類としておく　いまは

ほんたうの差別について語らへば徐々に湿つてゆく白いシャツ

諭旨解雇されたる友の性癖がいまもネットに曝《さら》されてゐる

かげろふのやうにゆらりと飛びさうな続柄欄の「友人」の文字

顎ひげを伸ばしはじめた年下の君に覚悟を問ひき　痛みの

ぬばたまのソファに触れ合ふお互ひの決して細くはない骨と骨

擁《いだ》きあふときあなたから匂ひ立つ雌雄それぞれわたしのものだ

セックスに似てゐるけれどセックスぢやないさ僕らのこんな行為は

「少年の猥褻事案！」ため息の余韻は通過電車が砕く

うつむいて凸凹ふたり揺られをり特急「かいじ」１１５号

はつ夏に袖を断たれて青年の腕は真つ赤に照らされてゐる

金色の信玄公は踏みつけるわたしを棄てた故郷の駅を

熊笹にちひさな傷は抉られて虫のゆまりも沁みてゆくなり

一本の楡の小枝のごときものつかへてゐたり母子の午後に

家族つてかういふものか　ふるさとの桃や葡萄はみんなまあるい

胸元に青いたしかな傷を持つあなたと父の墓石を洗ふ

赤鬼になりたい　それもこの国の硝子を全部壊せるやうな

憂国の男子はひとり窓辺にて虹の戦旗に震へてゐるよ

東京はやつぱりいいいね人間が赤や黄色の羽根持つてゐて

デモ隊は最後尾からくづれゆく　還ってもいい？息子と息子に

白いものなべて憎んで生きて来た僕らのためのゆふぐれが来る

なんとまあやさしき社名きらきらと死にゆく友の服《の》むアステラス

そしてまた新宿の夜　足元は（結婚しよう）ぐらぐらだけど
幾百の裸体の群をかき分けて探した青い蝶のタトゥーを
どれほどの量の酸素に包まれて眠るふたりか　無垢な日本で

後ろ髪ひかれて僕は振り返るやつと昏んでゆく東京を

メタリック

いつまでもたどり着けないわけぢやない　それでも遠い岸だあなたは

――水曜日、午後三時。

ゐなくなつてしまはう、なんて思ひつつどうにか通る自動改札

東急大井町線

各停は五両編成　しろがねの車両に「自死」の中吊りゆれる

打ち明けるべきもろもろをてのひらにあたためながら診察を待つ

〈自由が丘心療内科〉そのやはき百合根のいろの大理石床

心根の冷えたる僕は名を棄てて「8番さん」として診察へ

ロータリーぐるぐるまはるタクシーのやうなものかもしれぬよこれは

寝るまへに飲みくだすべく鈴蘭の骨のやうなる錠剤を割る

蕁麻疹胸にひろごる晩秋にきつと迎へに来るさ彼なら

——木曜日、今日は君に会ふ。

二元論ばかり行き交ふ白昼はただ花として眠つて過ごす

YouTubeひらけば画面いつぱいに廃墟。そろりと起きてシャワーへ

桃色のねむりぐすりは半減期過ぎていまなほ胸に巣喰へり

病むことに理由などなく萩の花はらりと落ちて地に吸はれたり

つややかな赤いスマホを手繰りつつどこで会はうか考へてゐる

新宿と名のつく駅が十もあることも君には必然ならむ

——新宿着、彷徨。

東京都庁前

地下深く眠れる水の胎動を怖れてみんな家路を急ぐ

かつては淀橋浄水場だつたらしい

（夜となればまぼろしの水さざめいてすべて沈んでゆくのでせうか）

西新宿

凍てついた滝のごとくにビルならび色とりどりの裸身を映す

新宿駅西口、テラスシティ

かりそめの夜と思へばをかしくてＬＥＤの雨に笑ひき

しづかなる鬼幾万とひしめいてそぞろに夜へ流れてゆけり

東口へ

ヨドバシもタカノも今日は嘘つぽく光る　さながら小舟のやうに

新宿三丁目交差点

ふるさとの日暮れのやうな暖色にまみれてしばし伊勢丹で待つ

こんなにも明るい夜に会ふなんて今日のふたりはどこかをかしい

一人《いちにん》の客として会ふ夜なれば胸に顔出すちひさき阿修羅

――君が来た。

新宿二丁目仲通り

曇天が崩れはじめる　筋張つた指と指とが微かにふれて

二丁目の横は五丁目　さまよへる誰もがはらむ褐色の水

花園神社

性愛が淡雪のごと舞ひ降れば真つ赤に染まりゆく通学路

同じ男であるから疼く傷跡をおたがひさまとつつきあつたね

青痣を秘めた軀よ　をさなさも罪であらうかこんな街では

――木曜日午後七時、歌舞伎町。

風林会館前

安息をいまだ知らざる胸あかく燃やして歩け　区役所通り

亜麻色の髪つんつんと逆立ててぬるい夜風に君が刃向かふ

立ち姿は稚樹《わかぎ》のごとく透きとほり夜のすべてを飲み込んでゐる

看板はどれも幽玄めきながら眼窩の奥でゆれてやまざり

うしろゆび指されることの不合理を語る瞳に宿る狐火

君にとつて波濤が立てば立つほどにうつくしくある社会なる海

叙々苑游玄亭　新宿店

躊躇なくユッケの黄身を刺しくづす手つきに君の孤独など見ゆ

渇仰、といへばさうかもしれないと特上カルビ焼きつつ思ふ

獣肉の血のしたたりにたしかなる熱のあること嘉《よみ》して喰らふ

獣肉を男同士で喰ふことの罪／そののちのあひみての罪

肉は焼かれ白き煙は霧散して僕らにはもう、　もうなにもない

僕たちは流転してゆくだけだから凭れあひつつ次へ行かうか

くちづけの期待に甘く水さされミンティア二粒舌にころがす

――饗宴のとき。

お茶割りで夢を語らふくちびるに螢火ほどの微熱はうまれ

簡単に土下座できるといふ君の鶏冠のごとき髪を撫でたし

脱色をくりかへされてその髪はきしきし砂の鳴き声をうむ

おとづれぬ日暮れを日がな恋ふやうな　火花のやうな　君との時間

執着の証なるべし　つやつやとボッテガ・ヴェネタの編み目うつくし

メタリック塗装まぶしき小部屋にてせんべい汁の話などする

享楽の果てはさみしい夜であれな　壁もソファも全部きらきら

後悔と惰性を厭ふひとの手にヴーヴ・クリコの泡あふれ出づ
熱病のごとき消費の雨のなか歌ひ流されゆくEXILE
棘のある酒、　棘のある音楽で飲み干してなほ夢は遠かり

――金曜日、午前一時。

売掛の額たんたんと数へつつ信じることの愚かさを言ふ

バッティングセンターの燈《ひ》は爛々とふるへる君のサイレンとして

白球をフルスイングで打ち放ち「いつか帰る」とぽつりと言へり

ああこれは嘘だらうなと思へども歌舞伎町とはかういふところ

俺たちは帰巣本能うしなつた鴉なんだよ　だから好きだよ

——金曜日、午前三時。

漆黒の翼はひしとたたまれて酸ゆき深夜の雨に光るよ
体温が色を帯びゆく丑三つのあひみてなればわれらむらさき

結局はなべてふたつに分けられる世界であれば白くありたし

それでもなほ海が好きだと言ふひとのくちびるだから荒く合はせる

上向きに煙吐き出す癖のこと秋来るごとに思ひ出すべし

金銭に置き換へられて愛されてやがては空に還るふたりか

筋書きのないことだけが僕たちの救ひだつたと笑ひあひたり

アイコスの煙が嘘の匂ひもてふたりに朝を教へてくれる

〈ご休憩・二時間〉終へてもう全部わかつたやうな顔して駅へ

――金曜日、午前五時。

東口ロータリー

ぐちやぐちやに絡まつたまま溶けゐつつあらむ　始発を待つ藻屑たち

新宿駅中央本線ホーム

通過点になれぬさだめのホームにて疎遠とふ語がこぼれてしまふ

中央本線特急「かいじ」

ふるさとに向かふ特急見送つて徐々にほどかれてゆく僕らだ

薄雲のやうにおぼろな約束のことば交はしてひとりで帰る

空と海しかと分かたれたるままに無色の冬を、冬を待ちをり

血流は雨

爬虫類つめたくひかる耳たぶを日がな愛して冬へ至りぬ

しろがねの蛇は小指に？いえ、耳に　そしてめぐってゆくよ頭蓋を

鱗粉のごとく夜空に染みついてまさしく僕らだつた　花火は

血流は雨だと思ふ　扁平な半身同士ぶつけ合ふとき

望まざる永遠なども託されていまやひねもすしづかなロダン

靄ふかき冬おとづれてはたはたとジークフリート牧歌ゆれをり

2

礫《れき》砂漠熱くひろげて肉体はきらめく海を夢見るばかり

Ilha Formosa

熟れてなほ青々として芒果《マンゴー》はレインボーフラッグとならんでゆれる

ゆるしにも似たる湿りを従へて夏は来たれり榕樹の島に

永住者カード涼しき水色の存在感で財布に眠る

ささやかに季節がめぐる島にゐてふいに会ひたくなる母さんよ

中正紀念堂

睥睨《へいげい》のまなざしふたつ群青の甍《いらか》の下で衛られてをり

〈以《テ》レ徳《ヲ》報《ユ》レ怨《ニ》〉幾ばくの火種を胸に言ひたまひしか

ホームシックにはあらざれど薄墨の浮かぶこころで歩く西門《シーメン》

十余年暮らしてなほもふるさとと呼べざることの葛藤やある

日ざかりの椰子の並木に立ち尽くすそはひと待ちの異邦人、われ

ココナツのたわわなることをかしくて飽かずにふたりじつと視てゐる

君といふ果実をひとつ運ぶためハンドル握る北部海岸

美麗島《フォルモサ》に出会ひしわれらにはたづみいづれは海へ流れてゆかむ

絵手紙をかく

Taipei-Bangkok-Vienna

神さまの領域なれど侵しつつメコンのうへを西へと飛べり

Vienna-Salzburg

渇きゆく枯野にそつと落とされし文のごとくに空港はあり

この胸の裡に羽ばたく山鳩の白い啼き声ならむ　グリュック

アマデウス少年はつかはにかみてザルザッハ川渡りてぞゆく

霧雨は朝に降りくるあかあかあかとMessiahのひかりつき従はせ

神の名のもとにアダムは塗られたりき宮廷画家の筆の穂先で

三世紀前の男子《をのこ》の肖像のそのたをやかな血流を見よ

ボウタイの絹しとしとと溶けさうな黒を湛へたまま巻かれゆく

CHARLOTTE SALOMON, Salzburger Festspiele 2014

シャルロッテ・サロモン殺められしのち生きて全き音楽となる

（恩寵を！）さりとてひとはやみくもに祈りつづけて死に絶えゆかむ

クリスマスオーナメントを購へり触れたら割れてしまふくらゐの

Verona

筋雲の多き夏空その下で乳房のごとく山なだれたり

聖堂の鐘鳴りわたるゆふぐれに語り継がれる恋愛悲劇

夏なれどしづかに冷えて黄色《わうしよく》の時代のままに在るコロセウム

〈ヴェローナは悲恋の都・・・〉恨みとも夢ともつかぬ絵手紙をかく

飛び去りてつひぞ戻らぬあのひとが天使だつたといまさら気づく

身にしみてゆく音どれもゆふやみの似合ふ金管楽器のファ・ソ・ラ

サドンデス・ゲーム

人名を背負ひていまや悦楽の渦となりたり旧サイゴンは
胡志明市《ホーチミン》

熱帯の黒きいのちは片隅で亜麻色の掌《て》に仕留められたり

誰しもが輪廻のことを思ふだらうたとへば仕留めそこなひしとき

少年は購はれゆき革命の広場に鳩が一羽残れり

サドンデス・ゲームを遊ぶやうなもの　どこもかしこも市場《しぢやう》であれば

抑圧の名残り　まあるくやはらかで少しぴりりりとするバインミー

鬼の棲む島といふ島焼き払ひやつと安心ですか　祖国は

雷《らい》の音を遠く聴きつつ眠りをり悪意まみれの身を横たへて

さう、これは海

戦争のことを語らふ車中からまづ夕焼けてゆく　ジョホールは

ソドミーの罪の残れる街をゆく鞭打つごとき陽に灼かれつつ

いづこにか光りてをらむなけなしの銅貨のやうな性のかけらも

国境を越えれば罪は濃くなつてさわだちやまぬ背をさすりあふ

ジョホールの海煌々と陽に映えて富者も貧者も目を細めをり

まだ夏を胸にとどめてゐる君の炎のやうな肌に触れたし
冷たさを知らぬ緋色のその肌が僕を空へと誘ふやうだ
痛罵するごとくに赤い常夏の海辺を赤いあなたと歩く

常夏に灼かれつづけてなほ太き腕《かひな》の強さ脆さを思ふ

朽ちてゆくもののはらめるやさしさを知らずや海の向かうの都市は

否、これは河ではなくて海だよと教へてくるるひともありけり

サンバルの辛味が好きな僕だから大丈夫だよ　鞭打たれても
行きしなにふいに溢れし強がりがふつふつ口に滾りつづける
お互ひの訛り愛しむこともなくただ求め合ひ別れゆくかも

墜落と堕落のちがひ思ひつつカラスモドキの飛翔見てゐる

異国より来たりて逢ひし僕たちがさびしい街を愛しはじめる

3

創世記閉ぢたるのちの熱風にここもソドムであつたと気づく

ページェント

角のなき青鬼たちがならび観る序幕でみんな死ぬ野外劇《ページェント》

Fidel Castro, 1926-2016

二度と逢ふことのなければなつかしい痛みのごときその名　Fidelio

唐突に送られて来る男根の写真に夏の名残りがあふれ

炎天はやさしからざるものなれどタンクトップの裾やはらかし

新宿二丁目

ゆくりなきゲリラ豪雨の美《くは》しさにソドムの民ははうと息吐く

彼女は乳粥で供養した

スジャータのミルクしたたる午《ひる》を生き僕らはやがて樹下のねむりへ

十字架のピアスぷつりと挿したれば側頭部から夜は始まる

一億総幸福の国暮れなづみそれぞれを待つ家といふ場所

世界中の聖母マリアが立ちくらみしてるさ（今だ！）愛し合はうか

つつしみが深くてきれい　ことばではなくて血潮で返事するとき

ゆつくりと喪はれゆくものだから汝れのからだはゆつくり愛す

八月の夜半《よは》に喘げばささくれは致命傷にもなり得るだらう

黒すぐりつぶしたるごと斑《しみ》うかび指は惑ひぬあなたの胸で

新規感染の六割が同性間性的接触による

耳朶ふかく鴉が鳴くよ　危険物同士夜更けにまぐはひをれば

罪深き朝あなたからわたしへとまるい小さな炎がわたる

あからさまな拒絶なれどもあたたかし神仏多き国の夜明けは

いつまでも解決しないトリスタン和音は巣喰ふ　彼の血潮に

七十歳を超えてゐるらしい

感染者の平均余命淡々と告げられながら飲むスムージー

喫煙のならひのごとくヴィールスは甘く苦しく拡がりたりき

血に、そして胸にいびつな種子を抱き彼はあかるく御ミサへゆけり

人類のあはれ器用であることよ　てろりと剝けたぶだうの皮よ

ナルシズムなのかナルシシズムなのか語りあつたし傷つけあつた

死は女性名詞なるべし　あざやかにひとつふたつと宿されてゆく

ジェスチャーがゼスチュアだつたあのころのふみ子の乳房のかたちを思ふ

もはや死ぬ病気ぢやないと笑ひたり彼は聖母子像を見上げて

無知、そして無関心

病みたるは君ではなくて街なのだ　山手線はまはり続ける

臨月はいよいよ近し　東京がなべて真白く塗られてゆきぬ

つま先をそろへて座る一群を横目にけふもつつがなき街

秋雨は亀裂

神々の放尿ののちガンジスが逆流しはじめる夢を見き

牡牝の天秤少し右側に傾いたまま夏終はりたり

焼き捨ててしまひたいほどたよりない僕のからだが夏にぬかづく

彗星に焼き切られたる街ならむ薔薇も芙蓉も咲く新宿は

集ひ来て息の温度をたしかめる少年たちの密やかな群

秋雨は亀裂　真昼の新宿を、やがて日本をへめぐりてゆく

スカートを風になびかせタカヒロは西北西の空を仰ぎぬ

全休符しんと動かぬ五線譜よ　かうして九月の街は暮れゆく

わつしよいわつしよい親子の列は声高く憂ひのふかき世を練り歩く

初秋に軛《くびき》嵌められたるごとくふたりまつすぐ向き合つてゐる

慇懃な態度で彼は掻き抱くたとへば秋やロートレックを

初恋のひとの性別思ひ出せなくて弾ける少年の朝

ある春の記憶

ふたりしてなにかを抱へあつてゐる季節はづれの雪にまみれて

三月《さんぐわつ》のベッドはふたり沈むには硬すぎて傷ふえゆくばかり

このひとでいいのかなんてわからないわからないままからみあふ脚

春先のティッシュに吸はせたいやうな（ふりこのやうな）こころで待てり

首筋にかける寝息の甘さもてあなたが夜をうつくしくする

無邪気さに罪などなくてゆくあてのない身のうへをふたり歓ぶ

開かれるとき男体は爛漫の春に逆らふ器《うつは》であつた

果てまでの時間は長く水色のカーテンの襞数へゐたりき

からだから痛みあふれて寝室は桃の匂ひで充たされてゆく

わが暮らす街が好きだといふひとの匂ひの残る布団を干せり

夢といふよりもまぼろし　あの甘き重みも春に降りくる雪も

爪痕をしかと残して去ることのいぢらしさかな　春のあなたの
さだまらぬこころ流せばいつの日か沈みゆくらむ珊瑚のうへに

茘枝

無地、それもモノクロームのＴシャツを湿らせながら坂駆けてくる

君に添ふ夢から醒める夢のなかの君が辛さうな顔をしてゐて

静脈を流れる黒い血の色に似てゐる　果皮もその裏がはも

安普請なれども無垢であたたかい机があってあのひともゐた

あの夏の氷のやうな足先を思ふ茘枝《ライチー》の皮はがしつつ

ライダースジャケット

赤黒きものどくどくとめぐらせてなほうつくしき君の血管

半歩先ゆくライダースジャケットにしたたる水も迷ひにふるへ

乞ふべきか乞はざるべきか　いや、やはり乞はざるべきだ　赦し、なんか

この熱を全部受けたらわたくしも青い光になれるだらうか

胸筋を震はせながら抱きくるる暑苦しさよ、その逡巡よ

その昔にんげんだつたころの熱懐かしみつつ背すぢをなぞる

あはよくば脳髄ふかく忍びこみ君のこたへを変へてみたいよ

つながりは夜に危ふく保たれてユダはイエスのかたへに眠る

できるならどうかこのまま　明星《みやうじやう》と君の雄しべが冷えきるまでは

道徳の白い破片が朝の部屋を雪に代はつて染め上げてゆく

はたちの事件簿

夜九時のニュースの熱にからうじて耐へていよいよ重い耳たぶ

鳳仙花《ほうせんくわ》紅く弾けて散るやうにはたちは冬の茶の間に散りき

後輩と知れば真冬の殺人はわがことのごと脳《なづき》を燃やす

うらみでは充たしきれないその胸をなにで充たして刺したる君か

おとうとのために握りし刃はどんな風に右手で光つただらう

猛然と立ち向かひたる君の背に直紅《ひたくれなゐ》の炎はありや

紅顔のはたちを刹那支配せし鬼を怨めりうらみの鬼を

その子はたち　みだるる髪もそのままにカメラの渦へ呑まれてゆきぬ

伸びすぎた前髪ゆれてはらはらと崩れゆきたる頬白かりき

（世界中のおとながみんなあのときの鬼の姿で僕を責めるよ）

独房に眠れるひとの横顔を思へば曇る朝焼けの窓

智略など知らざるままにうつくしく散るものならむ　はたちとあらば

花の名はImpatiens balsamina《我慢できない、触れないで》　ただあきらめをその身に負ひて

しあはせな家族の塑像しあはせな国にあふれて明日は立春

花と鉄格子

四つ打ちの音ずんずんと響くとき誰のものなのだらう　からだは

ふくらみを持たぬふたりの半裸体歪ませながら日は昇りくる

かすみさう散らしたるごと放たれてその一瞬の春をことほぐ

ゲシュタポやゲットーのこと思ふとき胸でさざめきやまない蝶々

鉄格子あらば逃げたくなるものぞ人もアムール虎もひとしく

鬼灯《ほほづき》をぽんと挟めば両の掌《て》に不動明王浮き出づるなり

泡となり朝の湯ぶねに落ちてゆく僕らの一部だつた花たち

明日は雨　未遂なれどもこのひとと崖を目指したこともあつたな

むらさきの性もてあます僕だから次は蝸牛《くわぎう》として生まれたい

許されぬことをひねもす数へつつゆつくり錆びてゆきたいふたり

曇天の瀉血

網戸とは夜の虫籠　一匹の蠅ゆくりなく囚はれてゐる

冷え切つたサッシと網のその間《あひ》に虹のやうなる翅弱りゆく

数時間後にはぽとりと落ちゆかむ　さういふふうにできてゐるから

腕まくらされてゐる上半身にひそかに巣喰ふ少女を思ふ

曇天の瀉血のごとく朝焼けて嗚呼これこそが痛み、だらうか

4

カルテルを結ぶ　わたしが遠くなりいつかあなたを越えないやうに

川は流れる

なにもかも打ち明けられてしんしんと母の瞳は雨を数へる

母ひとり子ひとりこんな異国まで種子のごとくに来てしまひたり

樹のごとく生きるひとなり夕映えの色の首すぢ凜と立たせて

いつかまたわかりあへるとしていまは互ひの微熱だけが気になる

このひとがいつかひとりで死ぬことの譬喩であらうな今日のメニューは

をさなくてごめん、と言へり　このからだだけが痛みを知つてしまつて
永久歯いまだ生えざるわれなれば向き合ふたびにぐらつくこころ
辛夷散るころにカインのおとうとを生んで幸福《しあはせ》でしたかイヴは

影像は砂の嵐に覆はれて五歳の僕がふはりと消える

がたがたのエゴン・シーレの自画像を愛するひとであつたか母も

吹けば飛ぶやうなサテンの罪悪をひしと纏ひて母うつくしき

なで肩のひとと眠ればなで肩の母の匂ひがよみがへりくる

ふたりして歩けばどこも楽園の記憶ばかりで眠い　眠いよ

博識はひけらかさずにマロニエの枯葉踏みしめ無言で歩く

二進法で歩む母子ぞ　またひとつ何かを学び何かを憎む

足を組むしぐさのひとつひとつにも暗褐色の思ひ出がある

あでやかな横顔でせう（さうでせう）かなしみばかり降り積もらせて

土瀝青《どれきせい》塗り込められて沈みゆく方舟でした母子の家は

確固たる理想くづれてなほ僕を赦せるらしい　母といふひと

窮鼠われ猫を嚙まずに生きてきてふたり仲良くお茶飲んでゐる

受け容れることと理解のそのあはひ青く烈しく川は流れる

残照

病歿のしらせ空から舞ひ落ちてふいに世界を反転させる

昨日《きぞ》父はひとりで死せりなにひとつ遺さずぬるき水に打たれて

黒ずんだ顔をしみじみ見てをれば思ひ出すなり　遠かつたこと

たよりない嘘だつたけどほんたうに深いところで病んでゐたのだ

最後まで父と息子になれざりしふたりを穿つ一本の棘

その腕《かひな》もて抱きくれしことなどもあつたね　むかしむかしだけれど
恨みにも似たる惑ひの翳さして粟立ちやまぬ焼香の手よ
歳月も会はざるうちに過ぎゆけば残照として身にたまるのみ

悪徳のかぎり尽くして消えゆけりあの日の僕もドン・ジョヴァンニも

湾岸の朝をましろく染めるため父のからだが燃やされてゆく

水無月の雲となりたる父だからカミングアウトできる気がする

おやすみ、ドロシー

訃報ばかり縦にならべて初秋のYahoo! JAPANにゆふぐれが来る

秋といふ理由ひとつで会ひにゆく海の匂ひの土産を抱いて

〈セントレア〉甘美なひびき！　につぽんのまんまんなかに立てる君なり

タイムズの黄色まばゆい国道にずつとつめたき路側帯あり

出会ひ系アプリに逢ひしひとなればどこか平らな体温と思ふ

窓越しにくちづけをする　同性の恋人だからこれで済ませる

ドロシーといふ名やさしき黒白《こくびやく》の少女と君は出かけてゆきぬ

ドロシーはボーダーコリー、牝、五歳　わが恋人の恋人である

国道を見下ろす部屋のひろびろといまはわたくしひとりのために

賞味期限切れて二年の乾しぶだう鈍く光れる食卓が好き

スイッチを押せば夜闇を手に入れてしまへるほどにやさしい世界

黒白の少女ドロシーはふはふと秋を吐き出しつつ帰り来ぬ

放尿のしかたでわかる牡牝の別より淡い君を信じる

神様はとても平等　三匹にこんな儚い性を与へて

ほぼ同じ青の短パン脱がしあひながらおやすみ、ドロシーと言ふ

鳥の消息

傾斜角は夜毎に深くなるやうだ異性愛者はひどく疲れて

男同士つなげば白いてのひらに葉脈状のしみがひろがる

へその緒の話になれば黙り込むしかないわれら夜に集へり

窮屈であればあるほど愛ほしい母星のやうで新宿にゐる

しかたないしかたないよとつぶやいて深夜のゲイのしかたなさかな

過敏症《アレルギー》発作はげしき夜なれば掻き抱きたし鳥やナイフを

枕辺にあぶない煙くゆらせて大丈夫、だいぢやうぶつて言ひ合ふばかり

欲望のしたたり甘く茹でられて深夜の鍋に割れたるトマト

紫のくちびる重ねあひながら夜をよろこぶチアノーゼたち

友らみな帰りゆきたるのちの部屋見渡せばほら、君はゐるのだ

これもまた家族のかたち灰色の下着が二枚並ぶベランダ

もう二度と触れることなき脈流と思へばずんと芯まで熱い

軋むほど強く抱かれてなほ恋ふる熱こそ君の熱なれ　ダリア

君といふ昏い滾りにゆれるときわたしはかくもうつくしい舟

たまきはる白きいのちのねばねばの何を信じて抱き合ふのだろ

まがなしく同じ器官をわけあへばますます遠いあなたと思ふ

どのへんが合法ですか　高まりのさなかに見ゆる黄色い瓶の

原色の星ちかちかと壁際に鼓動と同じリズムを刻む
聖人よ　心底甘い憂鬱を知らないままで僕は死ねない
今夜だけ僕達は銃　窓の外ゆくパレードに溶けたとしても

臨界の果てのつめたき寝台に流木二本ならびゆれをり

明け方に二重螺旋はほどかれてやつと吸はれてゆきぬ　かみさま

青龍をその半身に飼ひならし君は何かを否定してゐる

あくまでも青、と言ひ張る君のためわづかに青く腐りゆく桃

第一の性に溺れる者たちを祝ふがごとく朝は来るなり

主婦といふ選択肢なき同性のふたり互ひのトーストを焼く

さみどりのむなしく濁るおそろひの湯呑みの底の八女星野村

ほんたうもうそもそれぞれ愛しくて黙して聴けりあなたの故事を

来年は行けたらいいねアメリカに　さういふことでつながつてゐた

なにひとつ産まざる腹を寄せ合つて二年あまりを生きてきたこと

衛星が届けてくれる外つ国のニュース、占ひ、鳥の消息

多様性多様性つて僕たちがざつくり形容されて花ふる

この街の酸素を少し減らすため君とふたりで点すマルボロ

係累をつひぞ持たざるひとだから鳥の視線で僕を射抜くよ

（たまごっち）こころに揺れてあのころへ決してかへれぬ僕らのからだ

営巣のならひはけふも受け継がれゆかむいつかは暮れる日本に

へきさごん＋ぺんたごん　割り切れぬものがあふれる東京がいい

羽と羽こすり合はせることをもて一夜かぎりの求愛とせよ

ソドムにもかつてゐたはず僕たちのやうなふたりの歪つな単位

NIPPONIA

2014AD → 350BC

縄文のことばつらなりあたたかき半濁音の泡を並べる

目を伏せてわれにかしづく少年の胸に咲き初めし檜扇菖蒲《ひあふぎあやめ》

暗転ののちに千歳を超え来たるわれは教へる「みらい」とふ語を

あれはDAMA《山》これはPANA《花》　いま眼前にたぎる命はWATA《海》と呼ぶらし

漆黒の鏃《やじり》するどく放たれてカムイの空を切り裂いてゆく

ほの赤き翼と翼絡みあひ二羽は揃つて昏き地に、落つ

大らかな飛翔はあはき陽にゆれて人間われを蔑んでゐる

弓張のひかりのなかを黒髪はたゆたひながら結はれゆきたり

殉葬の具《そな》へなるらむ　しろたへの肌はあけびの蔓に巻かれて

憂ひなく仕留められたる赤き頭《づ》がきれいだらうな　明日の殯《もがり》は

恐れつつそつと重ねた指しろく光つてをりぬ丸木の舟に

君がMAPOを抱いてゐた夜に研ぎ終へし黒曜石の切先すすぐ

恥らひはぬるい火となる男子《をのこ》同士求めあふならなほさらのこと

最後の朝

峰々は二重三重四重とほければばとほいほどあはく強く聳える

関東といつか呼ばるる平原に天空樹《スカイツリー》の祖先が芽吹く

たそがれにZONO《祖母》の瞳は濡れながらもうまもなくの死を仰ぎ見つ

殯宮に火を！　ゆたかなる少年の性ひとすぢに昇りてゆけり

とりどりの幾何学模様ちりばめて祈りが　君が　回りつづける

ガ行音どよめいてゐる葬列のなか輪郭は濃くなつてゆく

農耕の罪を知りたる人間をざつと洗つて雨雲は去る

ねむりねむり　ねむりの花にかこまれて楕円の空に吸ひこまれたい

350BC → 2014AD

リノリウム塗られつくした天井に失くしたはずの空が映るよ

目が覚めてよかつた、と泣く友がゐて悪くはないか　こんな時代も

五月雨のまま七月に降りつづく君に会へない朝のさみだれ

薄青き点滴瓶の真空をNIPPONIA NIPPON飛び去ってゆく

嗚呼あやめ　君を待たむとして僕はちがふ畑に咲いてしまへり

解説

水原紫苑

　家々を追はれ抱きあふ赤鬼と青鬼だつたわれらふたりは

小佐野彈の第一歌集『メタリック』の巻頭にこの印象的な一首がある。「家々を追はれ抱きあふ」、すなわち社会や家族という制度から疎外された存在と「われらふたり」を規定して、「赤鬼と青鬼」と呼ぶ。

「鬼」とは何だろう。制度に対して害悪をなす、いや、なすと見なされた者ということではないか。自分はそのような存在ではない、「鬼」ではないと主張しても、「人」の側は決して認めようとしない。「鬼」とは一方的な呼称である。

しかし、ここで、『メタリック』作中の「われら」あるいは「われ」は、あえて自分が「赤鬼と青鬼」であることを認めようとしている。すなわち制度に抗う者であるという自己規定と読み換えても良いのではないか。

その文脈で読んでみると、セクシュアルマイノリティのテーマが展開された、短歌研究新人賞受賞作品「無垢な日本で」もまた、新しい世界が見えて来る。

革命を夢見たひとの食卓に同性婚のニュースはながれ
ママレモン香る朝焼け性別は柑橘類としておく　いまは
ほんたうの差別について語らへば徐々に湿つてゆく白いシャツ

「革命」とはどんな革命だったのだろう。あるいはすべての性別を否定するようなものだろうか。「革命を夢見たひとの食卓」に流れる「同性婚」のニュース、それはどんな響きだったか。単純に肯定されていないことは注目すべきだ。「同性婚」が直接の答えになるような安易な問いではない問いを、「革命を夢見たひと」は抱えているはずである。

「ママレモン香る朝焼け」は母への連想を誘うが、これまた簡単ではない。「性別は柑橘類としておく　いまは」から感受されるものは、性別という制度に対するしなやかな抵抗である。「ママレモン」と「柑橘類」とのいわば縁語を用いた巧みさがそれを爽やかに見せている。

「ほんたうの差別」とは難問である。「ほんたうの差別」は誰もの心に深く取り憑いたものであり、意識すること自体容易ではない。語り合う時、「無垢」の象徴のような「白いシャツ」は徐々に汗で湿ってゆくのである。

顎ひげを伸ばしはじめた年下の君に覚悟を問ひき　痛みの
ぬばたまのソファに触れ合ふお互ひの決して細くはない骨と骨
擁《いだ》きあふときあなたから匂ひ立つ雌雄それぞれわたしのものだ

「覚悟を問ひき　痛みの」と「痛み」はわざわざ結句で強調される。「年下の君」と分かち合うものは、何よりもまず「痛み」なのである。

「お互ひの決して細くはない骨と骨」には、甘美なイメージを突き放すリアルな強さがある。

「あなたから匂ひ立つ雌雄それぞれわたしのものだ」――「雌雄それぞれ」が重要なのであって、性愛の全体性への尽きない希求を訴える。

そして、「赤鬼」はここに既に登場している。

赤鬼になりたい　それもこの国の硝子を全部壊せるやうな

「この国の硝子」――この日本の透明な壁のすべて――それこそ「ほんたうの差別」かも知れない――を破壊したいと告げているのだ。それは『メタリック』一巻の望みかも知れない。

題名となった「メタリック」の章からも引こう。

「木曜日午後七時、歌舞伎町。」と小題があるところだ。

君にとつて波濤が立てば立つほどにうつくしくある社会なる海
躊躇なくユッケの黄身を刺しくづす手つきに君の孤独など見ゆ

渇仰、といへばさうかもしれないと特上カルビ焼きつつ思ふ
獣肉の血のしたたりにたしかなる熱のあること嘉《よみ》して喰らふ
獣肉を男同士で喰ふことの罪／そののちのあひみての罪

「波濤が立てば立つほどにうつくしくある社会なる海」と社会との葛藤をむしろ楽しむ相手を前にして、作中主体は「躊躇なくユッケの黄身を刺しくづす手つきに君の孤独など」を味わっている。

「君」を「渇仰」していると感じるのは、「特上カルビ」を焼きつつである。「獣肉の血のしたたり」の熱を嘉しつつ、「渇仰」するのは、「食」と「性」が人間の中で固く結びついている証だろう。

そして「罪」。なぜ、「獣肉を男同士で喰ふことの罪」が存在するのか。「そののちのあひみての罪」もまた。

次の歌はこうだ。

肉は焼かれ白き煙は霧散して僕らにはもう、もうなにもない

僕たちは流転してゆくだけだから凭れあひつつ次へ行かうか

獣肉と共に、彼らの肉体も霧散したのか。「流転」する彼らはどこへ行くのか。「金曜日、午前一時。」という小題の一連の最後の歌を引く。

俺たちは帰巣本能うしなつた鴉なんだよ　だから好きだよ

「帰巣本能うしなつた鴉」すなわち帰るべき家がないということであろう。「だから好きだよ」とそれを愛している。社会からも家族からも追われて生きることをみずから認める者なのである。その一方で家族への思いはなお尽きない。

ささやかに季節がめぐる島にゐてふいに会ひたくなる母さんよ　「Ilha Formosa」

さらに、母に作中主体がカミングアウトしたと思われる文脈の一連がある。「川は流れる」である。

なにもかも打ち明けられてしんしんと母の瞳は雨を数へる
をさなくてごめん、と言へり　このからだだけが痛みを知つてしまつて
永久歯いまだ生えざるわれなれば向き合ふたびにぐらつくこころ

「なにもかも打ち明けられ」た母の前で作中主体は、「永久歯いまだ生えざる」幼児のように「ぐらつく」。「このからだだけが痛みを」知ってしまったのであり、心はいまだに「無垢」のままだ。

父に対してはどうか。

最後まで父と息子になれざりしふたりを穿つ一本の棘　「残照」
悪徳のかぎり尽くして消えゆけりあの日の僕もドン・ジョヴァンニも
水無月の雲となりたる父だからカミングアウトできる気がする

母との深い絆ではなく、「最後まで父と息子になれざりし」思いの「棘」が刺さっている。

「悪徳のかぎり尽くして」とは何を指すのか。父を『ドン・ジョヴァンニ』の石像の騎士に見立てたものか。

そして、雲となった父ゆえに「カミングアウトできる気がする」。

さて、セクシュアルマイノリティによる制度への抗いと、父母への思いは、どちらも今は亡き春日井建を思い起こさせずにはおかない。母に対する思慕と父に対する微妙な感情も良く似ている。

小佐野彈が短歌研究新人賞を受賞して以来、小佐野と春日井との比較はさまざまに論じられている。

いちばんの論点は、春日井建にあった強烈な異端の美意識が小佐野彈には見出せず、作品がより現実的に感じられることであろう。それは単なる個性の問題か、あるいは時代の影響なのか。春日井建が三島由紀夫の序文に彩られて華々しくデビューした当時の空気は、まさに文化の百花繚乱であり、小佐野のはばたく海外はともかく、少なくとも日本社会が衰退に向かっている二十一世紀の現在の状況とは比較できない。

しかし、春日井建の美意識と言われるものが、塚本邦雄のそれとは異なる生々しさを持っていることも事実であり、その点で、春日井と小佐野は重なり合う。そして、何よりも共通するのは、痛みに近い孤独の感覚である。

小佐野の受賞後第一作「ページェント」から引いてみよう。

角のなき青鬼たちがならび観る序幕でみんな死ぬ野外劇《ページェント》
唐突に送られて来る男根の写真に夏の名残りがあふれ

新宿二丁目

ゆくりなきゲリラ豪雨の美《くは》しさにソドムの民はほうと息吐く

「角のなき青鬼たち」とは作中主体を含めているのかどうかわからないが、序幕でおそらくはみんな、観客たちまでも死んでしまう恐ろしいページェントなのであろう。自分たちはそんな世界に生きているという認識だ。またしても「鬼」である。

そして、「鬼」とは春日井建の愛した対象であったことを思い起こそう。

山の祭さざめきひとは鬼追ふにわれに似て鬼はなぜか逃げまどふ

縛られて打たれて鬼よゆきずりに唾せし若衆をしみみに恋す

春日井建「鬼」『行け帰ることなく』

春日井作品では、「鬼」は「われ」ではない。だが、「われに似て」限りない共感を寄せられる。「縛られて打たれて」「ゆきずりに唾せし若衆をしみみに恋す」は切ない。「痛み」の中で「鬼」は「恋す」。

みずから「鬼」と名乗る小佐野にもこの春日井建の切ない「鬼」の「痛み」は共感されるだろう。

「唐突に送られて来る男根の写真」の歌には次の歌を連想する。

逞しく草の葉なびきし開拓地つねに夜明けに男根は立つ

春日井建「アメリカ」『行け帰ることなく』

春日井作品には箴言のような奥行きがあり、小佐野作品は直截である。しかし、「男根」という孤独な存在の屹立する手応えは共通する。「夏の名残りがあふれ」に言いようのないさびしさがある。
「ゲリラ豪雨」の歌には次の春日井作品が想起される。

方舟より呼びあふ声すわが名古屋ソドム市に〈生めよ増殖《ふや》せよ地に満てよ〉
春日井建「洪水伝説」『未青年』

実際の伊勢湾台風の折に詠まれた作品である。
そして小佐野も、「ページェント」の前にさらに次の一首を置いている。

創世記閉ぢたるのちの熱風にここもソドムであつたと気づく

「ソドム」に生きるほかないと確信した、二人の歌人がここにいる。生殖に無縁の孤独な人間だという自己認識である。

母にはじまり無限の人を並べたる不滅の列にわたしはをらず

春日井建「奴隷絵図」『未青年』

小佐野も、また「不滅の列」にはいないことを選んだのだ。

蒸しタオルにベッドの裸身ふきゆけばわれへの愛の棲む胸かたし

春日井建「弟子」『未青年』

これは小佐野作品の次の歌を思わせる。

ふくらみを持たぬふたりの半裸体歪ませながら日は昇りくる

「花と鉄格子」

イヴの股いとへるこころ痛みつつ樹よりさびしき男娼を抱く

春日井建「アメリカ」『行け帰ることなく』

これもまたそうだ。

目を伏せてわれにかしづく少年の胸に咲き初めし檜扇菖蒲《ひあふぎあやめ》　「NIPPONIA」

春日井建と小佐野彈は紛れもない魂の同族であろう。

夜見ののち恋慕のおもひいや増しぬわれはなべてにまつろはぬ者

春日井建「夜見」『井泉』

若い友の俤を病床に夢見た歌だが、下の句の「われはなべてにまつろはぬ者」が、すべての制度に抗う「鬼」の心に重なる。

春日井建は、小佐野彈の活躍を、独特の「熱き冷酷」の眼差しで、天上から見つめているに違いない。

また「ページェント」から引こう。

彼女は乳粥で供養した

スジャータのミルクしたたる午《ひる》を生き僕らはやがて樹下のねむりへ
十字架のピアスぷつりと挿したれば側頭部から夜は始まる
一億総幸福の国暮れなづみそれぞれを待つ家といふ場所
世界中の聖母マリアが立ちくらみしてるさ（今だ！）愛し合はうか

「スジャータ」の一首は柔らかな佳品である。苦行するシッダールタにミルクを供養したスジャータは、性に苦しむ「僕ら」にも安らかな「樹下のねむり」をもたらすだろう。

「十字架のピアスぷつりと挿したれば」は、人間としてマイノリティであったイエスを表現しているのかも知れない。

「一億総幸福の国」とは「無垢な日本」であろうか。その国に帰る場所を持たない人々がいるのだ。

「世界中の聖母マリアが立ちくらみしてるさ」は、「母」なるものの呪縛を逃れた瞬間であろう。そこに「愛」の空間が生まれる。

そしてわが偏愛の一首を最後に加えたい。

むらさきの性もてあます僕だから次は蝸牛《くわぎう》として生まれたい　「花と鉄格子」

解説

野口あや子

小佐野彈、その名は私に突如落ちてきた爆弾のようだった。

いつからだろう、相聞歌が気恥ずかしいといわれる時代になった。歌壇は恋よりもっと有意義なことがあるといわんばかりに論が先行し、ものおもいや悶えを遠巻きに眺めるようになった。女であることも男であることも色香もオールドファッションといわんばかりにテーマは大きく広がり、かつ細かく先走り、ふとした瞬間に暴力のようにさえ思える、無慈悲で無感動で人の香りのない論調は執拗に流れ込んだ。

恋が男女間のものだけを指さなくなったことも要因として大きいだろう。人を思う心にはさまざまな形があり、それぞれの関係性がある。しかし人が人を思うという、このなまめかしくくるおしい思いそのものに蓋をして、いったいどんな詩が生まれるというのだろうか。

恋しい、欲しい、かなわない、好きだ。その言葉を何重にも変形させて、何億通りにも歌い分けられることに、それでも歌いつくせず答えも出ないということに、私たちはつい知らんふりをする。気恥ずかしいからだろうか。ややこしいからだろうか。そんなものに縁もゆかりもないそぶりでいたほうが真っ当に見えるからだろうか。そう思うと「相聞歌なんて……」と眉をしかめる人たちはある意味賢い。そして一番苦しくて美味しいところを味わわないで終わってしまうという意味では、とても寂しい人たちだ。

うしろゆび指されることの不合理を語る瞳に宿る狐火
君にとつて波濤が立てば立つほどにうつくしくある社会なる海
それでもなほ海が好きだと言ふひとのくちびるだから荒く合はせる
性愛が淡雪のごと舞ひ降れば真つ赤に染まりゆく通学路

上向きに煙吐き出す癖のこと秋来るごとに思ひ出すべし

歌集タイトルともなった大連作「メタリック」から引いた。作者の第二の故郷とも呼べる新宿に取材したこれらの連作は、都市風俗と同性の恋を詠んだルポルタージュとしても興味深い。「狐火」、「波濤が立てば立つほどに」、「それでもなほ海が好き」という幾重にも諦念の折り重なった熱情に胸を打たれる。と同時に、猥雑とも言える新宿に、「性愛が淡雪のごと」真っ赤に染まるという大きく鮮やかな比喩、また「上向きに煙吐き出す癖」といった景がありありと浮かぶ描写を持ち込める作者の強みを思う。異色の経歴に見落とされがちな、この折り目正しい定型観とたしかな描写は、おそらくここ数年の若手歌人にはなかったものだ。作歌意識はむしろ古典的と言える。

東京に出張中、奇しくも台湾から帰国中の小佐野とよく飲み合わせた。宿はお互い二子玉川近辺。深夜、恵比寿のバーから乗り合わせたタクシーの帰り道、小佐野は真っ赤なアイフォンのメッセージ画面を手繰っては押し黙ることがあった。何があったのかはわからない。でもくるおしいできごとであるのは確かで、そのたびに、よく今まで無事生きてきてくれた、と手を握りしめたくもなり、書いていけるこれからこそが楽しいぞ、と励ましたくなる衝動にも駆られた。

短歌研究新人賞受賞作の「無垢な日本で」は受賞者が短歌史上初のオープンリーゲイということが話題を呼んだ。短歌史を遠望するものにとっては春日井建を読み直すことにも繋がる。

大空の斬首ののちの静もりか没《お》ちし日輪がのこすむらさき　春日井建『未青年』

幾百の裸体の群をかき分けて探した青い蝶のタトゥーを　「無垢な日本で」

春日井建の、目もくらむような彩度の高い孤心の「むらさき」の変形を、作者の「青い蝶のタトゥー」は感じさせてくれる。ほとんど原色に近い世界観だ。もちろん、読者が春日井建の「むらさき」と小佐野彈の「青い蝶のタトゥー」をそのまま追体験することは不可能に近い。だからこそ、小佐野の手に握られた真っ赤なアイフォンのメッセージ画面のように、一人一人にまったく見え方の違う世界があるのだということを改めて思わずにはいられない。私の価値観であなたを切り捨てるのでなく、あなたから見える世界をきちんと想像すること。本著は現代の想像力のリトマス紙にもなるのかもしれない。

熱帯の黒きいのちは片隅で亜麻色の掌《て》に仕留められたり　「サドンデス・ゲーム」
国境を越えれば罪は濃くなつてさわだちやまぬ背をさすりあふ　「さう、これは海」
神々の放尿ののちガンジスが逆流しはじめる夢を見き　「秋雨は亀裂」

また作者の、実業家として各地を転々とする海外詠も興味深い。そこでも乾いた熱い性が印象的に描かれる。それぞれの土地に眠る、それぞれの恋。海外詠のあらたな領域と言えるだろう。

開かれるとき男体は爛漫の春に逆らふ器《うつは》であつた　「ある春の記憶」
十字架のピアスぷつりと挿したれば側頭部から夜は始まる　「ページェント」
むらさきの性もてあます僕だから次は蝸牛《くわぎう》として生まれたい　「花と鉄格子」

軋むほど強く抱かれてなほ恋ふる熱こそ君の熱なれ　ダリア「鳥の消息」

人はたやすく、多様性を言う。あるいはマイノリティーを言う。たやすく多様化して、細分化して、されきって、男と男の間に、女と女の間に、同性愛者の間に、両性愛者の間に、さらにこまかくボーダーを引く。そしてお互いの差異のみを言い、差異のみを論じ合う。

現代のこの息苦しい緊張状態の当事者である作者の、あまりにも率直で大胆な声に耳を傾けてみたい。「爛漫の春に逆らふ器《うつは》」である男体の、なんと禍々しく美しいことだろう。投げ出すように放たれた結句が迷いながらもなお恍惚とした思いを伝えてくる。二首目は作者像にもなりうる歌だ。側頭部という、繊細でごつごつしたところから夜が始まるという感覚が興味深い。声が聞こえ、また触れられやすいところから夜が始まるというのだ。「むらさきの性」は性のグラデーションをあらわす表現だろうか。蝸牛が雌雄同体ということを思い起こすと同時に、蝸牛のやわらかく傷つきやすく、また全身で悶えるような姿形をも思い起こさずにはいられない。「なほ恋ふる熱こそ君の熱なれ」の「なほ」と「熱」の二重の畳み掛けは力技ともいえる。恋の前で、ときに理屈は後になる。そしてそんな大きなテーマを第一歌集で歌えることの強運を嘉せずにはいられない。

目を伏せてわれにかしづく少年の胸に咲き初めし檜扇菖蒲《ひあふぎあやめ》
殉葬の具《そな》へなるらむ　しろたへの肌はあけびの蔓に巻かれて
鳴呼あやめ　君を待たむとして僕はちがふ畑に咲いてしまへり

巻末に置かれた「NIPPONIA」から引いた。この連作は縄文時代と現代を行き来する自由な歌物語であり、恋物語でもある。新宿を起点に「無垢な日本」を眺めた作者は、その視点のままに縄文の青年をもまた夢想する。しかし、縄文時代を生きた私たちから、現代を生きる私たちはどのくらい進化しただろう。

愛などと言はず抱きあふ原人を好色と呼ばぬ山河のありき　『未青年』

ふと、春日井建のこの歌がよぎった。

時代、立場、境遇、性別。そこから発生する理由も理論も、あとからいくらでも派生する。だからこそまずはそれらをすっ飛ばして、本著の熱情に触れてみて欲しい。人を思う心、それはおそらく人間すべてのテーマなのだから。

あとがき

いまから二十年ほど前、中学生だった僕は、自己愛と自己嫌悪の相克のなかで、どうにか日々を紡いでいた。

自らのセクシュアリティの自覚と、それに伴う葛藤は、僕の「思春期」と呼ばれる時期のほとんどを支配していたように思う。「自分を認めてあげたい自分」と「自分を認めたくない自分」は、常にこころのなかで喧嘩をしていた。その喧嘩の声は日増しに烈しくなってゆき、いよいよ頭が割れそうだ、というときに、短歌と出会った。

短歌は、僕にとっての鏡になった。ほんとうの自分の姿をひとに見せる勇気を持たなかった僕が、短歌という鏡の前でだけは、鋼の甲冑を脱ぎ去ることができた。その鏡に映し出される僕の裸体は、決して美しいものとは思えなかったけれど、少しは愛することができた。

いっぽうで短歌は、いつも自分たったひとりのための鏡だった。鏡に映る裸体を見ることができるのは、自分だけ。それは、どこか逃避にも似ていて、僕を安心させてくれた。

三十歳を過ぎて、対外的に短歌を発表する機会を得るようになった当初は、この鏡に映る自分の姿をひとに見られるということに、漠然とした不安を抱くこともあった。裸の僕の姿が、どのようにひとの眼に映るのか。僕にとっては、少し勇気の要る冒険のはじまりだった。

その冒険はまだ途上だけれど、それでも僕は、この三十一音の定型の前では、常に裸でありたい、と思っている。短歌の前でだけは、決して強がらず、虚勢を張らず、ありのままの僕でありたい。

中学生だったあのころとくらべて、いまたしかに社会は変わりつつある。さまざまな愛や家族のかたちが認知されるようになった。もちろん、僕自身も変わったのだろう。短歌という鏡の前でしか打ち明けられなかったことを、いまではさまざまな場面で積極的に語るようになったし、似た境遇にある仲間や友人をたくさん得ることもできた。そのいっぽうで、僕は中学生のころから、変わっていないような気もする。相反する感情たちの喧嘩の声は、相変わらず僕の頭のなかで響き続けているのだから。

こういう風に生きていることに対してのたしかな誇りと、どうしても拭い去れない小さな罪悪感。祖国への愛着と違和感。社会への希望と諦念。結婚という制度への淡いあこがれと反感、あるいは嫉妬。家族という存在への愛情と感謝、そしてわずかな憎しみ。迷い、嫌悪、怒り、友情……。割り切れない湿っぽい感情たちは、どんなに振り払おうとしても、どうしようもなく僕の胸のなかに深く巣喰ってしまっている。そして、これらの割り切れない思いを胸に抱え続けている人々と、僕は生きている。

そんな割り切れない感情にまみれた、どっちつかずで臆病な裸の僕の姿を、そして、さまざまな相克の中に生きる人々のありのままの姿を、これからも僕はうたい続けるのだろう。いまの僕には、それしかできないのだから。

＊＊

この歌集には、三十歳から三十四歳までの凡そ四年間にうまれた歌のなかから、三七〇首を選んで収めました。

編年体にはせず、総合誌や新聞等への既発表作についても、大幅な改作や改編を行いました。

本歌集に収めることの叶わなかった、十代、二十代のころの拙い歌は、またいずれお目にかける機会があることでしょう。

歌集を編むにあたっては、敬愛する友人のひとりでもある野口あや子さんから、多くのアドバイスをいただきました。

解説は、心から尊敬する水原紫苑さんと、野口あや子さんのおふたりにご執筆いただくという幸運にあずかりました。春日井建という偉大な先人がもたらしてくれたこの縁に、深い感謝と感動を覚えます。

また、短歌研究社の國兼秀二さん、堀山和子さん、担当の水野佐八香さんは、とても真摯に、そしてとてもあたたかく、原稿に向かう僕を支えてくださいました。鈴木成一さんに装幀を担当して頂けたのも、大変幸せなことでした。日頃の僕の作歌を遠く日本で支えてくれる「かばん」の先輩、仲間たち。家族。友人。そして誰より、この歌集を手にとって下さった方に、心から御礼申し上げます。

僕の拙い言葉が、あなたの胸に小さなさざ波を生んだのならば、嬉しく思います。

二〇一八年四月　初夏の台北の自宅にて

小佐野彈

小佐野 彈《おさの・だん》

一九八三年、世田谷区生まれ。
一九九七年、慶應義塾中等部在学中に作歌を始める。
二〇〇七年、慶應義塾大学経済学部卒業。
大学院進学後に台湾にて起業。
二〇一七年、「無垢な日本で」で第六十回短歌研究新人賞受賞。
台湾台北市在住。「かばん」所属。

歌集　メタリック

平成三十年五月二一日　第一刷発行
令和四年一〇月二〇日　第六刷発行

著者　小佐野《おさの》彈《だん》

発行者　國兼秀二
発行所　短歌研究社
郵便番号一一二-八六五二
東京都文京区音羽一-一七-一四　音羽ＹＫビル
電話　〇三-三九四四-四八二二・四八三三
振替　〇〇一九〇-九-二四三七五
印刷者　ＫＰＳプロダクツ
製本者　牧製本

ISBN 978-4-86272-585-1 C0092